壞蛋聯盟

2

不可能的任務

文、圖╱艾倫‧布雷比 譯╱黃筱茵
主編╱胡琇雅 美術編輯╱吳詩婷
董事長╱趙政岷 第五編輯部總監╱梁芳春
出版者╱時報文化出版企業股份有限公司
108019台北市和平西路三段240號七樓
發行專線╱(02)2306-6842
讀者服務專線╱0800-231-705、(02)2304-7103
讀者服務傳真╱(02)2304-6858
郵撥╱1934-4724時報文化出版公司
信箱╱10899臺北華江橋郵局第99信箱
統一編號╱01405937
copyright © 2019 by China Times Publishing Company
時報悅讀網╱www.readingtimes.com.tw
法律顧問╱理律法律事務所 陳長文律師、李念祖律師
Printed in Taiwan
初版一刷╱2019年4月19日
初版二刷╱2022年3月3日
版權所有 翻印必究（若有破損，請寄回更換）
採環保大豆油墨印製

壞蛋聯盟2：不可能的任務 / 艾倫.布雷比(Aaron Blabey)
文.圖；黃筱茵譯. -- 初版. -- 臺北市：時報文化, 2019.04
　　冊；　公分
譯自：The bad guys episode. 2 : mission unpluckable
ISBN 978-957-13-7770-4(平裝)

887.159   108004593

壞蛋聯盟

文‧圖/
艾倫‧布雷比
‧AARON BLABEY‧

不可能的任務

新聞快報！

狗狗看守所 一片 恐慌！

我們暫時中斷原本的節目，
為您插播頭條新聞。
蒂芬妮·毛茸茸
為我們帶來在現場的報導。
蒂芬妮，目前情況如何？

查克·瓜仔 6

1

謝了，查克！

嗯，今天

狗狗看守所

發生了令人

震驚的狀況。

某個**瘋狂幫派**

似乎闖進監獄，

打垮了一面牆，然後開著

音量超大的車輛

駛離現場，造成

200隻狗兒
大受驚嚇，

瘋狂逃離現場。

蒂芬妮・毛茸茸6

現在由我為您採訪狗狗看守所的主管

翡拉罕‧龐克先生

龐克先生，你會怎麼形容這些

怪物呢？

啊…這個嘛…事情發生得
非常快，不過…我很確定
歹徒一共有四個……

我是說，絕對有
一隻 **狼**

獨家快報！

一隻看起來很壞的狼，
他的牙齒很尖。

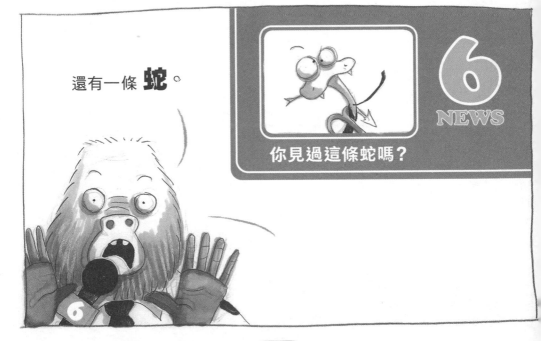

還有一條 **蛇**。

你見過這條蛇嗎？

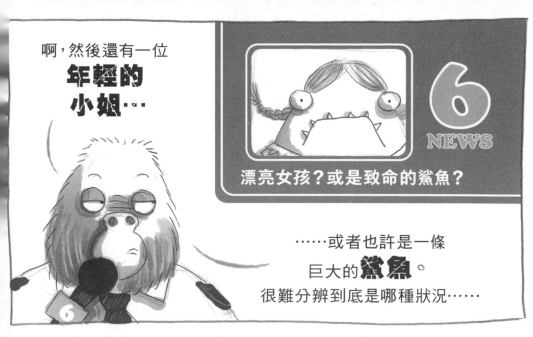

啊，然後還有一位
**年輕的
小姐…**

漂亮女孩？或是致命的鯊魚？

……或者也許是一條
巨大的**鯊魚**。
很難分辨到底是哪種狀況……

喔對了，
然後還有某種
討厭的小魚。

突變種沙丁魚在逃！

有可能是一尾**沙丁魚**。

這沒辦法確定。

可是，龐克先生，
就你的想法，
這些嫌犯是不是……

很危險？

那當然啦，蒂芬妮。
他們很危險沒錯。

事實上，我會告訴你我們正在面對
某些非常驚人的……

狗狗看守所現場連線 6

第1章
好吧，我們再試一次

那個傢伙在講什麼呀？
我們 **救了** 那些狗狗耶！
那是

救援行動！

我們幾個是 **好人**！

而且，我再說最後一次，
我 **不是** 沙丁魚！

我是
食人魚！

我啃！　我啃！

我啃！　　我啃！

9

看吧，狼仔？**永遠**也不會有人
相信我們是好人的。我要在
警察到這裡來找我們以前閃人。

喔，**不**，不行，蛇先生！
我們不能現在收手。
我們剛剛開始咧。

別忘了解救那些狗狗的
感覺**有多棒！**

我們現在只需要確認
所有人都**看得到**我們是**英雄**。

我們只要再做一件
超棒的事讓全世界
注意到我們，肅然起敬！

狼先生，
你有什麼計畫嗎？

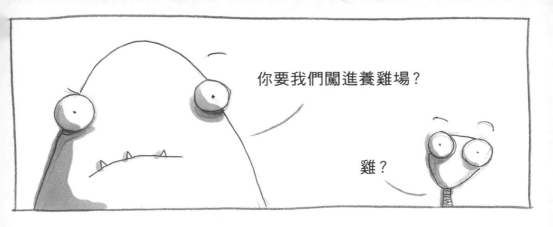

你要我們闖進養雞場？

雞？

你剛剛說
……雞嗎？

養雞場？
可是上面那隻咕咕雞
看起來很開心耶。她又不需要
被誰解救⋯

喔，真的嗎？

等等，各位，看一下
向陽養雞場裡頭的狀況吧。

10,000隻雞耶！

擠在**小不隆咚**的籠子裡！

每天**24**小時！

根本就**沒有**陽光！

沒有空間可以跑，可以玩！

太糟糕了！
那是我這輩子
聽過最慘的事！

那我們還在等什麼呢？

我們需要釋放那些
小雞寶貝，

讓牠們自由！

我們走吧！我們走吧！我們走吧！
我們走吧！我們走吧！我們走吧！
我們走吧！我們走吧！我們走吧！
我們走吧！我們走吧！我們走吧！

我們走吧！

嘿，哈囉囉……

兄弟，你沒事吧？

蛤？

喔對喔⋯⋯抱歉。
我只是在想雞有多美味啊──
我是說，多美好啊──
我覺得，我們應該要把牠們全救出來，
現在就去。

喔，如果事情有那麼
簡單就好了，我的朋友。
可是我恐怕有一些壞消息⋯⋯

我們根本就

不可能

闖進向陽養雞場！

這座養雞場配有**最嚴密的保全系統**
光是**鋼鐵築成的牆**
就有30英呎高、8英呎厚！

四面都**沒有窗戶**，
所有的門更是
戒備森嚴。

向陽公司

就算你進得去，還是會立刻就被抓起來，

因為……

如果你碰到地板，**警報器**就會響！

如果你碰到牆壁，**警報器**也會響！

如果你走進雷射光照射的區域，

警報器也會響！

· 地板
警報器

· 牆面
警報器

· 雷射光區域
警報器

你剛才是不是提到

雷射光？

那你幹嘛讓我們看這些咧，老兄？
我們又沒有足夠的技術
可以處理這種工作！

對，我們是沒有！
可是我認識的一個傢伙
有辦法處理。

哪個傢伙？

·第2章·
恐怖的怪咖

嘿，兄弟們！能認識你們
真是太酷了！

哎～喲～喂～呀！

兄弟們**快逃**啊！是

狼蛛！!!!

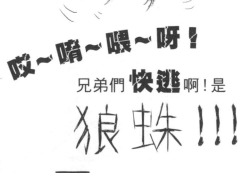

抱歉喔,腿兒。
我不曉得他們
是怎麼回事。

啊,無所謂啦。
這種狀況我看多了。

腿兒?

你**認識**這個怪咖?!

你到底在想什麼呀,
竟然把一隻狼蛛
帶進我們的俱樂部?

……我沒辦法呼吸了……
蜘蛛……
媽咪……
媽咪……
我要找媽咪啦……

鯊魚先生！鎮定一點！
你們這些傢伙真的應該感到慚愧！
腿兒就跟我們一樣。
他是好人，只是名聲不好。

啊，謝了，
狼仔。

老兄，他很**危險**欸。

對呀！
而且他幹嘛
不穿上褲子？

兄弟，我才不來褲子那套咧。
我喜歡自由自在的感覺。

……沒辦法呼吸了……
他沒穿長褲……
我要…瘋了……

好啦好啦。

腿兒？你為什麼不讓他們
瞧瞧你的本事？

最高機密

好的。讓我們先從
簡單的開始吧。

啪噠!啪噠!啪噠!
啪噠!
啪噠!

使用權限：通過
　姓名：蛇先生
　狀態：非常危險
處理行動：切勿靠近

嘿！那是我的
警方檔案耶！

老兄，他們不是很
喜歡你唷，對吧？

可是**沒有人**有辦法看到那個檔案呀！
你是不可能駭進他們的系統的。
他們有最最嚴密的防護！

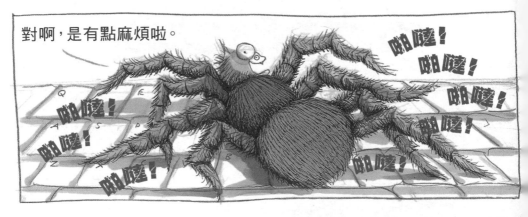

對啊，是有點麻煩啦。

啪嗒！
啪嗒！
啪嗒！
啪嗒！
啪嗒！
啪嗒！
啪嗒！

可是為了看到你的微笑，
這都是值得的，蛇先生。

使用權限：通過
姓名：蛇先生
狀態：非常可愛
處理行動：抱他一下

噠啦！

那是
不可能的！

對腿兒這種**超級駭客**來說沒有什麼是不可能的！他可是電腦**天才**。而且他有個計畫可以幫我們進到那座養雞場去。

謝啦，狼仔。可是首先，我最好先把這個東西改回之前的狀態。畢竟，我們是好人嘛……

……而且我可不希望我們惹上麻煩。抱歉咯，蛇先生。你恐怕又要變回**危險級**的咯。

嘿！

兄弟們,這酷的!
我真高興我也是這個
團隊的一份子。我敢打賭,
明天這個時候,我們早就已經
變成麻吉了!

……蜘蛛……

……他沒穿褲子……

……就在我頭上……

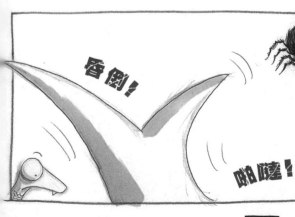

嘿,老兄。
我有一個詞要送你——
褲子

第3章

根本不可能的
任務，幾乎啦

好啦，兄弟們，我接受了你們的建議，
找了一些衣服來穿。你們覺得怎麼樣？

我還是看得到他
**毛茸茸的
大屁股呀**。

住嘴，
食人魚。
聽他說嘛。

好吧。

要把你們弄進
向陽養雞場，
我只需要駭進他們的主機，
關掉所有的
警報器就行了。

只是

有個問題……

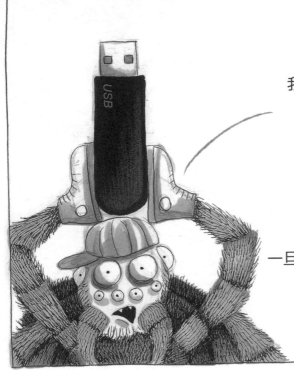

安全系統
嚴密到
我沒辦法從這裡做這件事。

我需要你們幾個把
這個東西
插進他們的電腦,
這樣我才能處理。

一旦你們完成那個動作,我就可以
把警報器都關掉
送你們到那些
雞的身旁。

等一下。你是說,
你有辦法駭進我的警方檔案,
卻**沒辦法**駭進一座養雞場,
如果沒有我們幫忙的話?

對。很怪。
老兄，這座養雞場
很恐怖。

可是如果這麼恐怖，
我們怎麼到得了電腦那邊？
狼說根本不可能進到
那座建築物裡！

這個嘛，是有 一個 辦法啦。

只是當然不簡單⋯

屋頂有一個
小門板。

你們需要通過
那個小門板
用一條繩子

垂降

30公尺
通到底下的電腦邊。
到電腦旁邊以後，

**就讓我
接手電腦咯**。

可是！

如果你們碰到牆壁
或者地板，

警報器就會響，
你們
就會被逮。

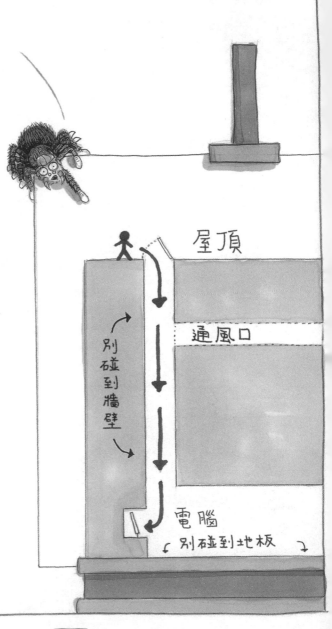

屋頂

通風口

別碰到牆壁

電腦
別碰到地板

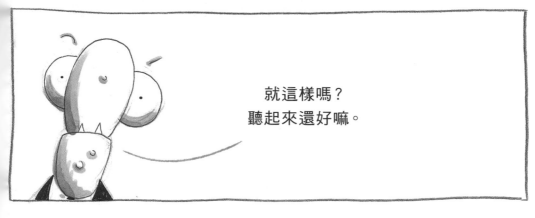

就這樣嗎？
聽起來還好嘛。

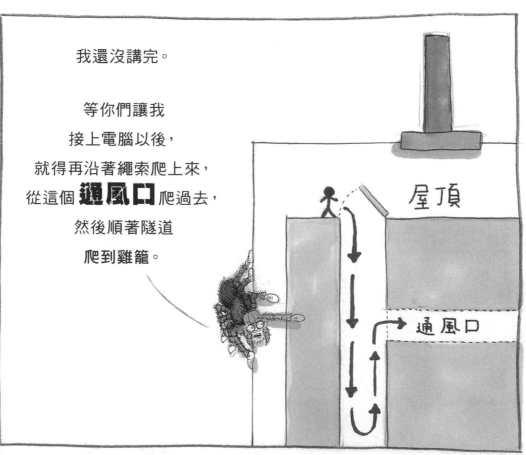

我還沒講完。

等你們讓我
接上電腦以後，
就得再沿著繩索爬上來，
從這個 **通風口** 爬過去，
然後順著隧道
爬到雞籠。

屋頂

通風口

我剛剛說過了，
聽起來還好嘛。

我還沒有講完喔。
你們知道吧，在到達雞籠以前，
你們會先到達**雷射光區域**。
如果你們碰到任何一道雷射光，警報器就會響。

噢，那會殺了你。
那真的很痛。

雷射光區

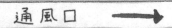

通風口

可是為什麼雷射光還是開著？
我以為你會關掉所有的警報系統？

我會呀。
其他的警報器都會關掉。

可是**雷射警報系統**
只能手動關閉。
你們一進到裡頭，
就得關掉那個開關。

所以……我們就只要關掉
警報器就好了嗎？

沒錯。

那聽起來還是不會很難嘛。

41

那是因為我
還沒講完！

開關在雷射光範圍的**另一邊**，
所以你們得**穿過**
雷射光區域，才能碰到開關！

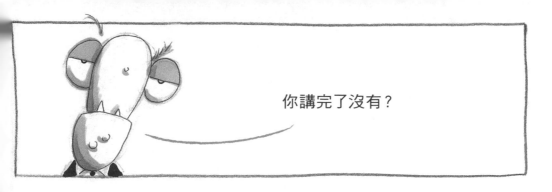

你講完了沒有？

啊……講完了。

很好！
因為那聽起來

瘋了！

老兄，我們是

不可能辦到的！

喔會的，我們辦得到！

可是**只有**我們**合作**才有可能！

所以，蛇和食人魚——

你們兩個跟我一起！

我們要**進到裡頭**，

把這個東西插進電腦，然後

到那些咕咕雞旁邊！

這一定會

超棒！

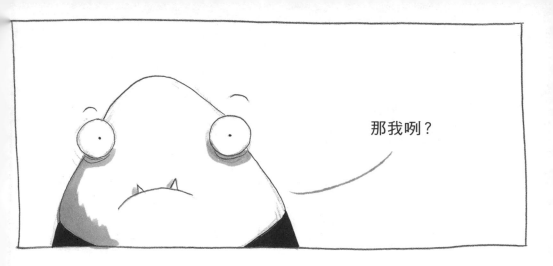

那我咧？

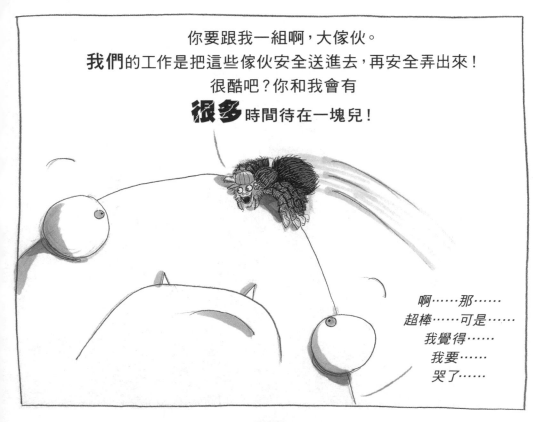

你要跟我一組啊，大傢伙。
我們的工作是把這些傢伙安全送進去，再安全弄出來！
很酷吧？你和我會有

很多時間待在一塊兒！

啊……那……
超棒……可是……
我覺得……
我要……
哭了……

鯊魚先生，沒時間哭喔。

我們還有咕咕雞要救咧！

·第4章·
門板底下

嘿，你們幾個幹嘛
離那麼遠？

當天晚上……

向陽養雞場
禁止進入！

我們看起來太好笑了。

向陽公司

嘿，狼蛛！
我們幹嘛穿
這種笨蛋裝？

噓！食人魚先生，別那麼大聲。
這些工作裝棒透了！
它們會讓你保持涼爽，
又很不容易被看見。

再加上！

每套工作服都配備了麥克風和
耳機，這樣我們就可以
互相通話。

懂了嗎？

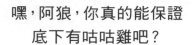

嘿，阿狼，你真的能保證
底下有咕咕雞吧？

這是養 **雞** 場欸！
裡頭當然有雞。
你為什麼這麼
擔心這一點？

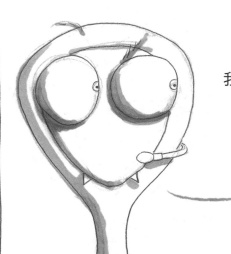

喔，沒有理由啦。
我只是真的 **很愛** 咕咕雞，老兄。

牠們真的很好吃——
我是說，牠們真的很好相處。

沒錯……

你**真**的明白我們是到這裡來**解救**雞的，對吧？

啊——啊。

而且你不會想要**吃掉**任何雞，對吧？

啊——啊。

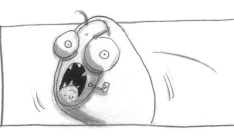

嘿！我們可不可以快點上工？我的連身衣讓我很不舒服欸。

好了。鯊魚先生，
你知道該怎麼做……

數到三，就溫柔的把我們放下去。

1……
2……

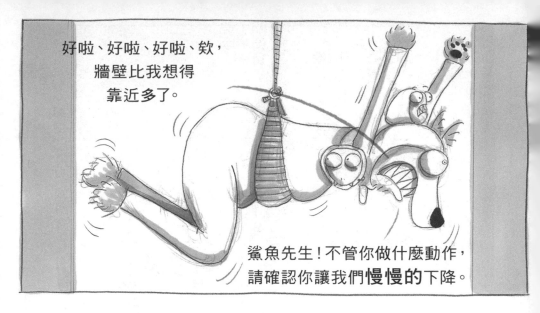

好啦、好啦、好啦、欸，
牆壁比我想得
靠近多了。

鯊魚先生！不管你做什麼動作，
請確認你讓我們**慢慢的**下降。

我聽到了。

你需要幫忙嗎，大朋友？

ㄅㄨㄞ！

哎呀呀呀呀呀呀呀

咻～咻！

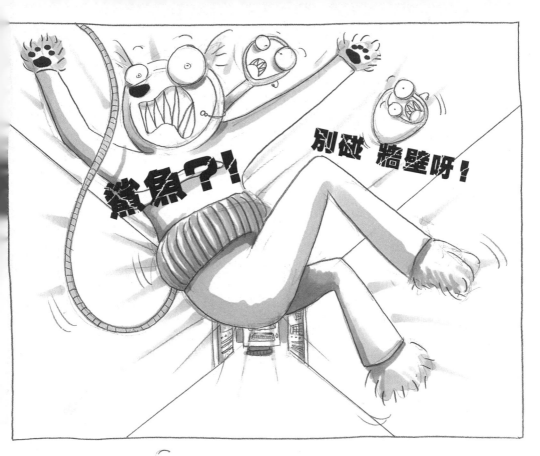

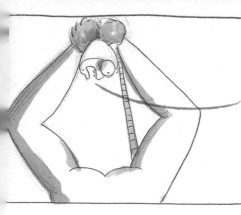

呼！真驚險。

喂，該死！
狼先生？
有沒有人告訴過你，你的臉
看起來很像**屁股？**

哦，抱歉。我弄錯了。

什麼？

嘿，快看！是電腦！
我覺得我碰得到……

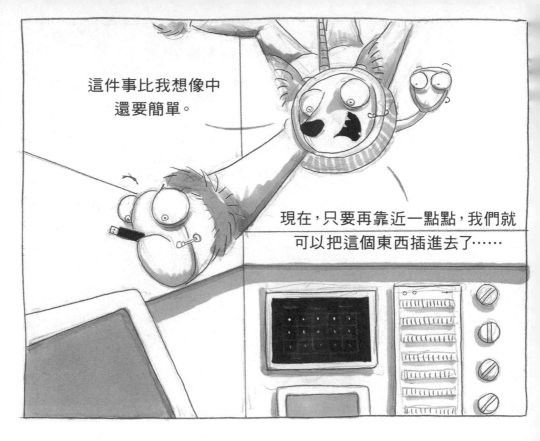

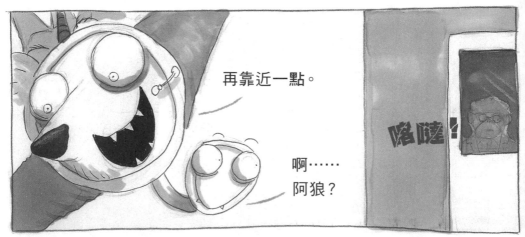

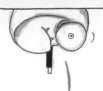

沒看見我們欸。
他為什麼沒看見我們？

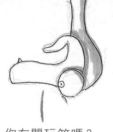

你在開玩笑嗎？
當然是
閃人
啦！
鯊魚？
放棄任務！
放棄任務！
馬上把我們
拉上去！

噓！我不曉得。
他一定視力超爛。
嗯…好吧…
對現在的狀況，誰有建議嗎？

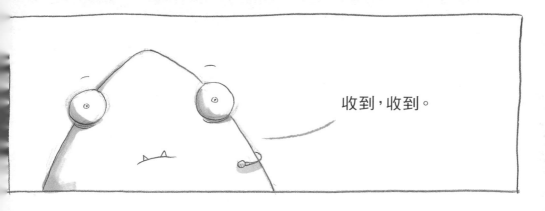

收到，收到。

不！等一下！

兄弟們，看看他吃的東西。
是沙丁魚三明治。

我想到一個主意了

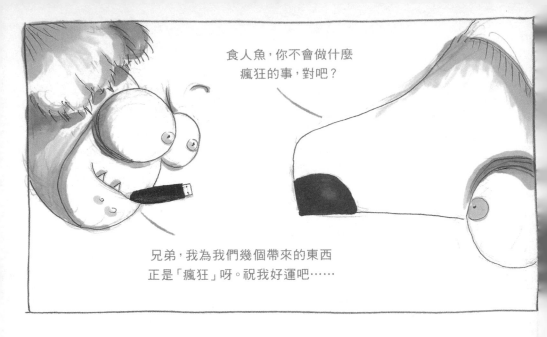

食人魚，你不會做什麼
瘋狂的事，對吧？

兄弟，我為我們幾個帶來的東西
正是「瘋狂」呀。祝我好運吧……

ㄅㄨㄞ！

食人魚，不要啊！

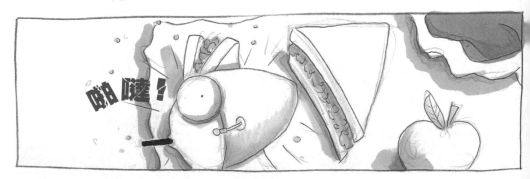

啪嗒！

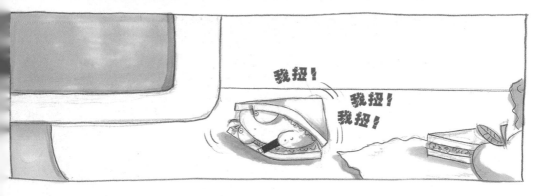

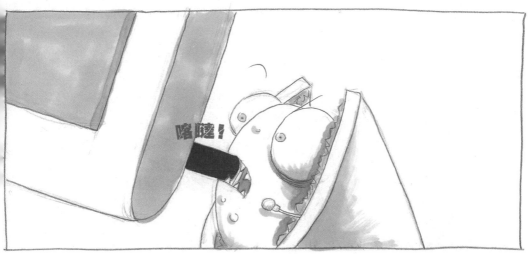

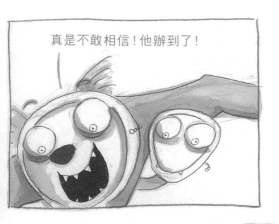

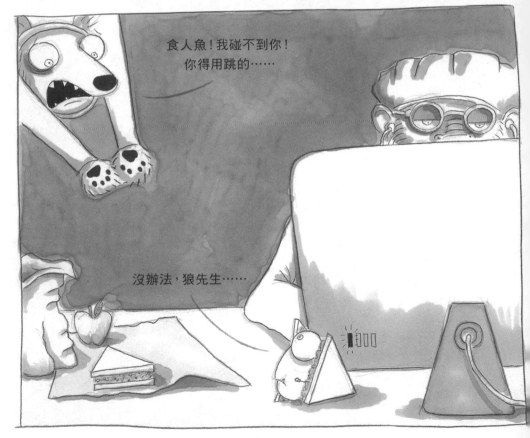

兄弟，這是有去無回的路呀。

什麼？我們不能就
這樣拋下你啊！

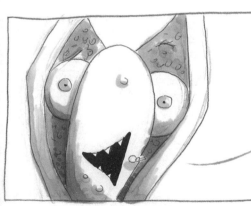

你不得不呀，兄弟。
沒有別的辦法了。

快去救那些小小雞吧，
兄弟。

為**我**去救牠們！

阿狼！夠了！
鯊魚，快把我們拉上去！

沒問題。

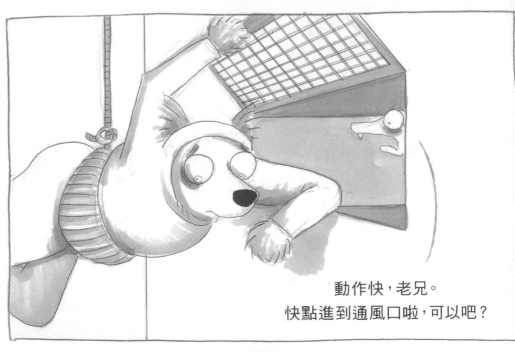

動作快，老兄。
快點進到通風口啦，可以吧？

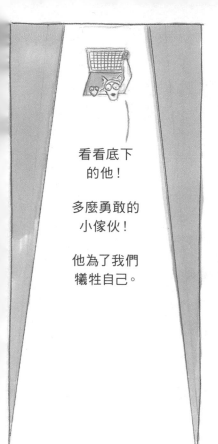

看看底下
的他！

多麼勇敢的
小傢伙！

他為了我們
犧牲自己。

再會了，
兄弟們。

是唷，是唷。我們快點動手吧。
我快餓死了——我是說，
我想救這些雞
想得要死。沒錯。

你說
得對，
我們
該
走了。

再會了，
食人魚先生。

要活下去唷。

你用說的可
輕鬆了，寶貝。

第 5 章

小心間隙

看吧，蛇先生？

這就是我一直告訴你的呀——假如沒有食人魚先生，我們**根本**不可能走到這一步。**這就是**團隊的重要性。

合——作

是唷，是唷，是唷，這還真夠有趣的。可是那些咕咕雞到底在哪裡咧，兄弟？

我說，就在前頭了。

這個部分似乎比我原先預期的還要簡單多多。真不知道我們之前為什麼要大驚小……

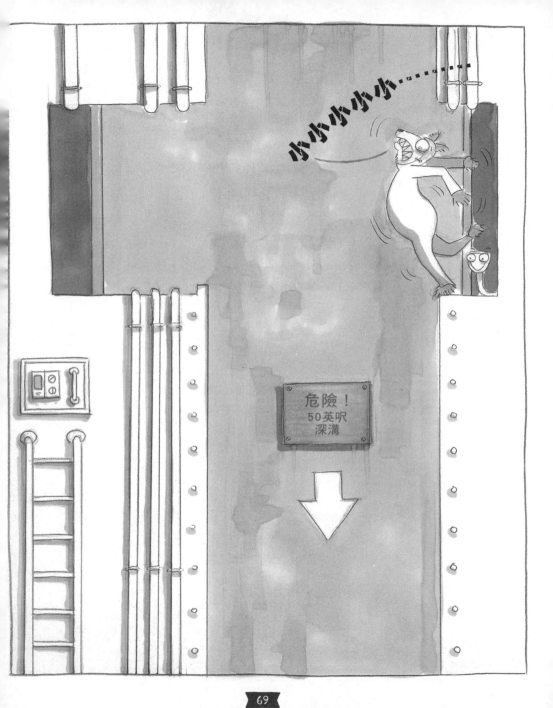

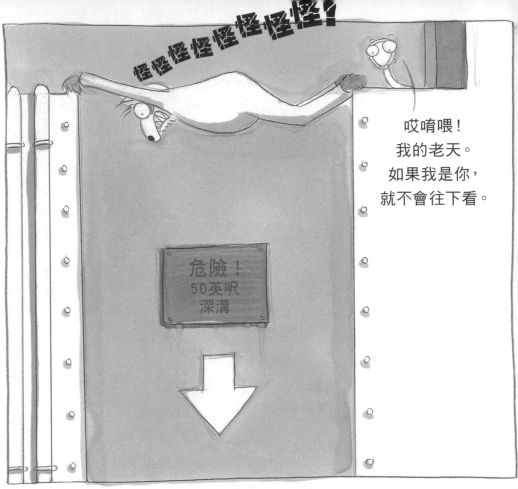

哎唷喂！
我的老天。
如果我是你，
就不會往下看。

危險！
50英呎
深溝

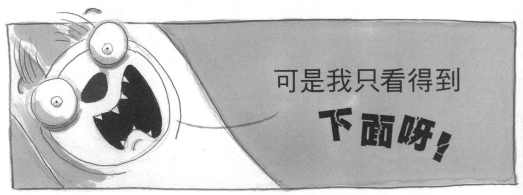

可是我只看得到

下面呀！

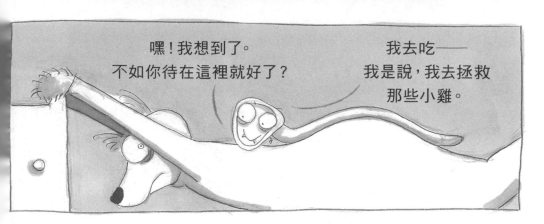

嘿！我想到了。
不如你待在這裡就好了？

我去吃——
我是說，我去拯救
那些小雞。

不！我要滑下去了！
我……抓不住了。
你得……幫我的忙……

真的嗎？
這有點討厭欸。

討厭？！
如果你不幫我，
我就要**死**了耶！

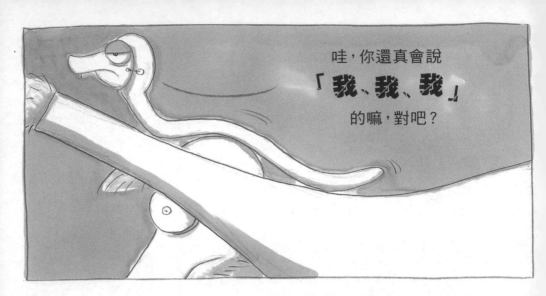

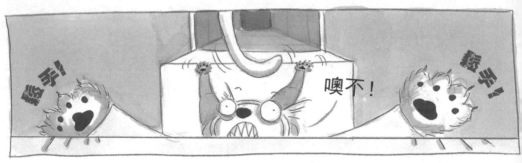

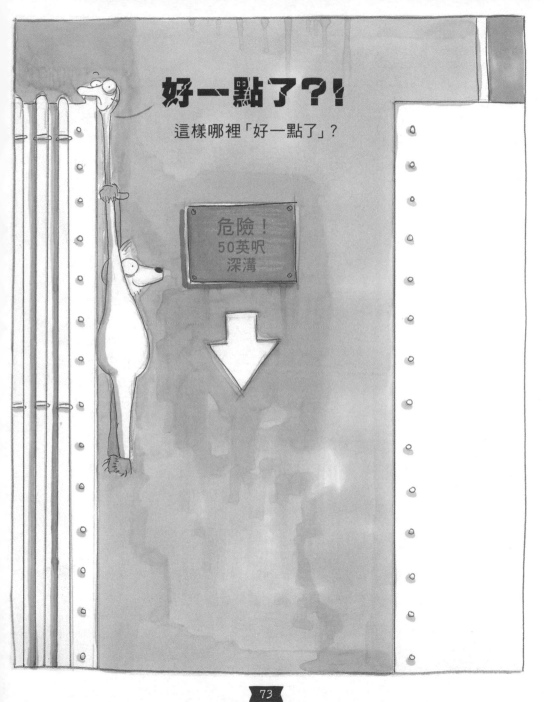

好一點了？！

這樣哪裡「好一點了」？

危險！
50英呎
深溝

兄弟，你該
節食了。
我說真的。

現在，我們來想想看。

我們該怎麼辦？

我們被困住了。

不只是我被困住。
也不只是你被困住。
是 **我們**。

我們是以一個 **團隊**
的身分被困住的。
所以我們需要以
團隊 的方式
逃離這裡。

我 **想到** 了！

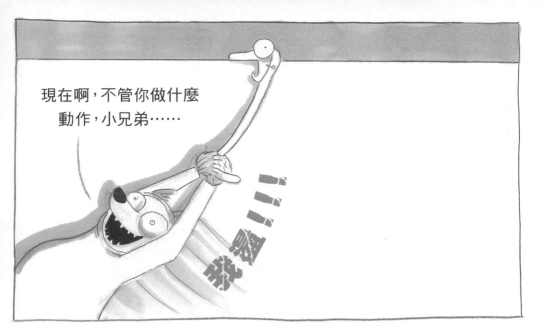

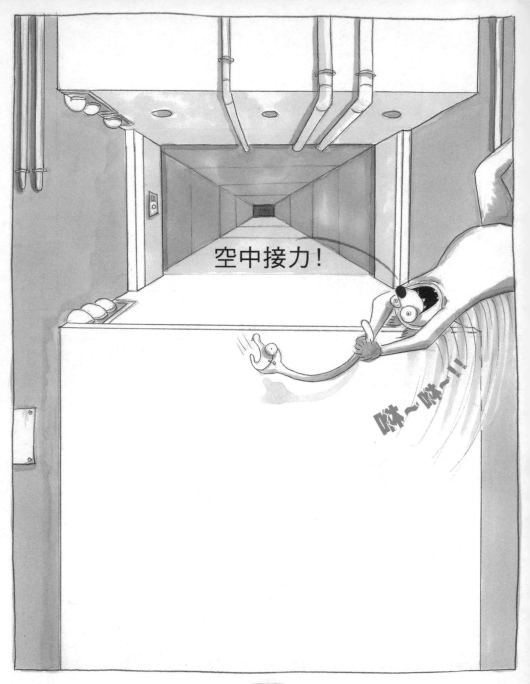

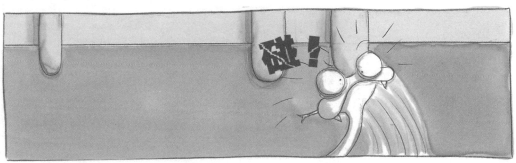

·第6章·
我們重頭再來一遍吧

真糟糕。

食人魚？
你聽得到我說話嗎？

鯊魚先生？是你嗎？

兄弟，我就要成為這裡一隻猴子的午餐了。

魚仔先生，你坐穩。我要來接你了。

ㄅㄨㄞ！

我能幫忙嗎，**大傢伙？**

啊啊啊啊啊啊啊啊啊啊啊啊！

請不要這樣……
我不能呼吸了……
請不要……
請真的不要……
不能呼吸了……

嘿，老兄，你到底有
什麼毛病啊？

真的……超……怕……蜘蛛……

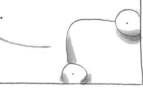

啊啊。那是為什麼呢？
不要緊，你可以告訴我喔。

好吧，這個嘛……
你看起來真的讓我覺得**毛骨悚然**
因為你**眼睛太多**、
腿也太多了，
我怕你怕到
快要吐
出來了！

可是……如果我的話聽起來
很沒有禮貌的話……我很抱歉。

沒事的。

不，真的。我覺得自己講了那樣的話
真是糟糕。你一定覺得我是個大爛人。

不，真的沒關係的。
你好像人很好。不過我可以
問你一個小小的問題嗎？

嗯，當然可以呀。

這個嘛……

既然我沒辦法不當一隻狼蛛，

就跟你沒辦法不當一隻

超巨大、
超恐怖的
海洋怪物一樣，

我不曉得你
能不能好好

**克服
自己的恐懼，**

這樣我

說不定可以

幫你一起解救
你的朋友！

嗯……好啦。

我很抱歉。
那樣講話
真的很不酷。

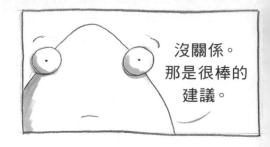

沒關係。
那是很棒的
建議。

這個嘛……嗯……那我們要
怎麼解救那條食人魚呢？

聽說你很會變裝。
是真的嗎？

我也有厲害的地方呀。

好吧，說起來嘛，
我很會製作東西唷。所以
我們要不要攜手合作呢？

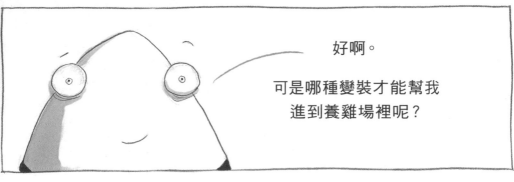

好啊。

可是哪種變裝才能幫我
進到養雞場裡呢？

你能不能把那
幾個枕頭裡的羽毛拉出來呢？
鯊魚先生。然後我再告訴你
我想到的點子。

第7章

相信我，
我是蛇呀

噢不！看看
那些雷射光！
我永遠也
不可能通過的！

我想我們
遇到麻煩了。

86

雞籠 ➡

喔不，不，不，不。那有什麼
問題呢——我有辦法通過那些
雷射光的。只是我得要**獨自**
處理這個問題。

你確定嗎？

那當然了。
我只需要扭來扭去，就可以通過雷射區，
享用小雞大餐了——我是說……
就可以**釋放**那些小雞了。

耶。
釋放牠們。
嘻嘻。

可是你一通過，
就會把雷射關掉吧。

對呀對呀，那當然啦。

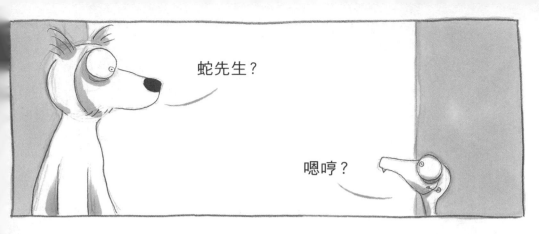

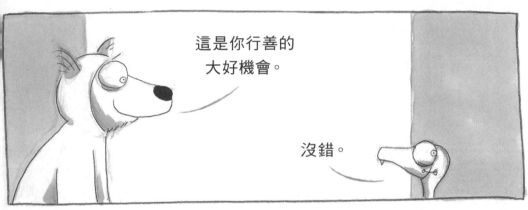

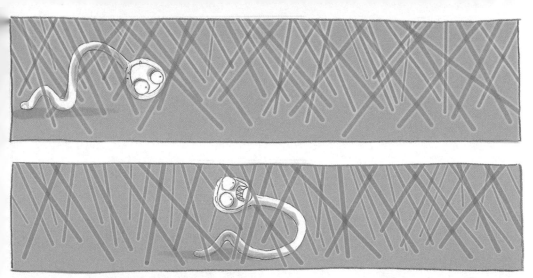

就快到了……

哈！

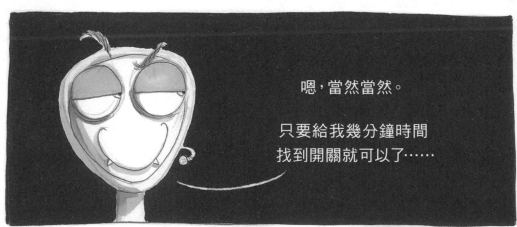

你慢慢來吧，小老弟！

你超帥！

我真的很為你們這些傢伙感到驕傲啊。

吹口哨
吹口哨

天啊，已經過了15分鐘了耶。

蛇先生，你那邊還好嗎？

啊哈！他成功了。

哇！這裡頭還真暗。
噗嘶！蛇先生，你在哪裡？

喔，你在那裡呀！
你沒事吧？

啊啊。

蛇先生？

你在那裡幹嘛？

到處都黑漆漆的？

在那些……

空的籠子後面？

呃啊。

老兄，你聽起來怪怪的。
你還好嗎？

當兒然兒！

喔不。

等一下——
你不會——

阿蛇？！
你做了什麼
好事？！！

喔！不會吧。

蛇，不准你毀了這個計畫。
不，你不能這樣。

啥？

我抓！

不你不能

我那麼信任你！
你怎麼能做出
這麼糟糕的事情？

老兄，我是蛇耶。
你還希望我怎樣？

不，蛇先生。
你是個好人。
你得帶著10000隻
健康又快樂的咕咕雞
離開這座大樓——每隻
毛茸茸的雞都要。

**你聽懂
我的話了嗎？**

·第8章·
整大群的雞呀

哎呀，該死！

這就是盡頭了，我的朋友！

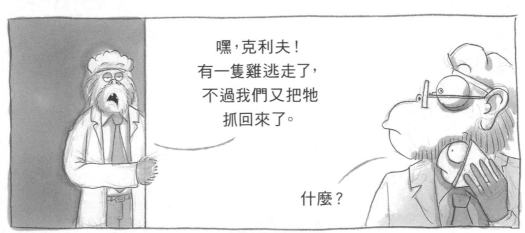

嘿，克利夫！
有一隻雞逃走了，
不過我們又把牠
抓回來了。

什麼？

誰瞭？不過我們還是把牠送回雞籠好了。

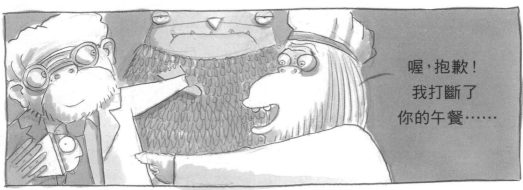

喔，抱歉！我打斷了你的午餐……

啊，沒關係啦。我可以邊走邊吃。

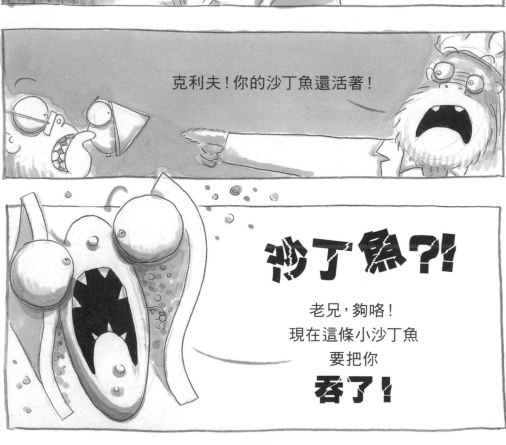

沒錯，我就是你**最可怕**的惡夢，好傢伙！我是**超辣的**食人魚漢堡！

鯊魚先生？是你嗎？

對呀。

哇！我都快要認不出你來了。

對呀，我知道。
我超會變裝。

嗚呼嗚呼！嗚呼嗚呼！嗚呼嗚呼！

喔不，他們
啟動警報器了！

我們已經打開籠子了，
可是牠們都不逃。
這些笨雞到底是
怎麼回事？

牠們嚇壞了吧。

被什麼？

被那個試圖把
牠們**全吞進**
肚子裡的怪咖！

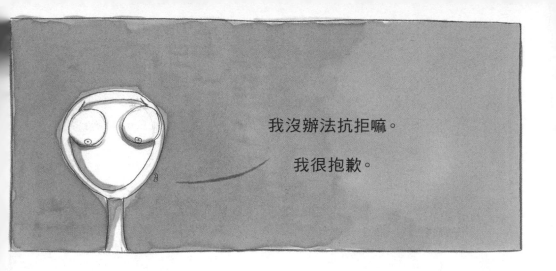

我沒辦法抗拒嘛。

我很抱歉。

是唷,好吧,蛇先生,現在說
「抱歉」又幫不了我們的忙。

我們該怎麼辦呢?
這些雞全部嚇壞了。

牠們需要一個
可以**跟隨**的楷模。

一個可以**信任**的傢伙。

牠們需要……

……一隻母雞。

哇！這隻雞還真大呀。

好吧，女孩們。我知道
妳們嚇壞了，可是這是妳們
逃出這個可怕地方的

唯一機會。

妳們聽懂嗎？

那我們就離開這裡吧！

食人魚先生！
你在這裡呀！

你還好嗎？

我全身都是
美乃滋。

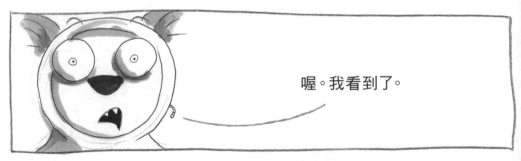

喔。我看到了。

其實也沒有那麼糟啦。

我還滿喜歡美乃滋的。

我們被**困住了**！

這就是我們的**結局**！

我的小雞們永遠
不可能
重獲自由了！

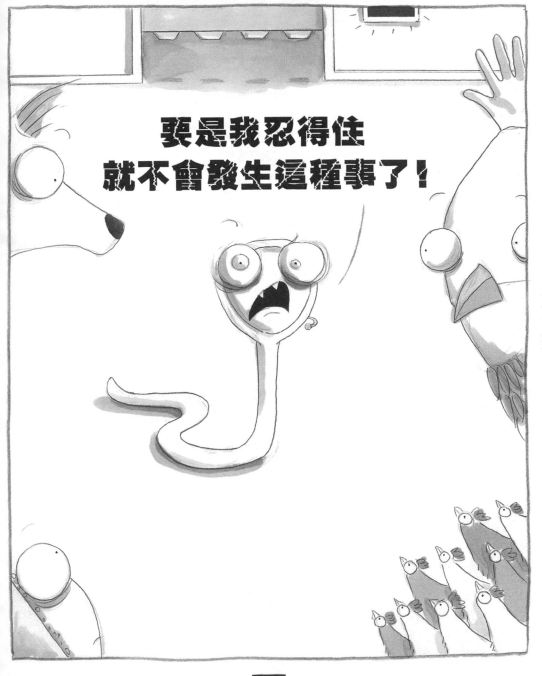

把我拋向他！
這是你唯一的機會了！

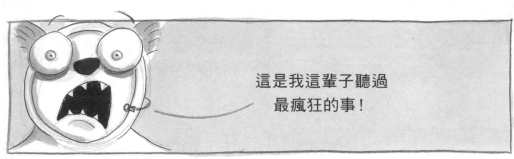

這是我這輩子聽過
最瘋狂的事！

狼先生，
這是我做好事的機會呀。

可是——

快把我丟過去，否則這些
小雞們永遠沒辦法重獲自由了！

快下手吧！

不許失手。
收到了嗎？

收到。

嗨。我們來
玩個遊戲吧。
第一個開門的人
就不會被蛇咬。

你贏了。

現在，我可以拜託你在我們離開後
把後面那些警衛全部關起來嗎？

是的，成交了。

如果你不這麼做，我**就會**找出
你住在哪兒，然後你**會在**三更半夜
發現我就在你床上。

成交了嗎？

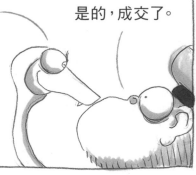

太厲害了！

看吧？你可不是這裡
唯一的好人……

我就知道！我就知道！我就知道！

好啦。少一點抱抱。
多一點逃跑啦。

第 9 章

多麼神奇的團隊呀

我真是為你們幾個感到驕傲！

10000隻雞因為

你們重獲自由！

兄弟們，我覺得我們已經開始掌握這種英雄什麼的事了。

蛇先生，這也包括了你。

好啦，抱抱熊。我們不要把這件事看得這麼嚴重。

啊，那當然啦，你這個愛碎碎念的老弟！我們趕快閃人吧……

可是……

車子是怎麼啦?!

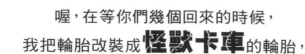
喔，在等你們幾個回來的時候，
我把輪胎改裝成**怪獸卡車**的輪胎，
還裝上**噴射引擎**。希望你們不會介意？

我們不介意！

鯊魚先生，我還注意到
你的位置似乎有點太擠了，
所以我改良了你的座位。
如果你不喜歡，
我隨時可以把它改回來唷。

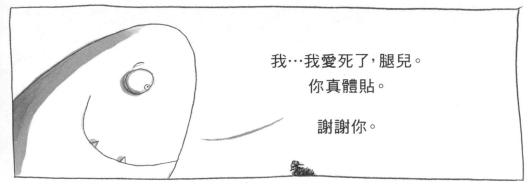

我…我愛死了，腿兒。
你真體貼。

謝謝你。

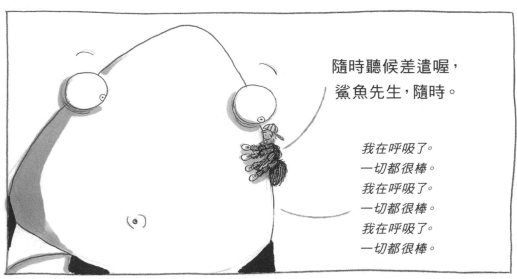

隨時聽候差遣喔，
鯊魚先生，隨時。

我在呼吸了。
一切都很棒。
我在呼吸了。
一切都很棒。
我在呼吸了。
一切都很棒。

吱吱！

嘿！還有
沒有人也聽見
那個聲音？

不。我弄錯了。
這裡什麼也沒有。是空的。

嗯，不是喔。
不完全是空的……

橘　子　果　醬

看！

啊！看看這隻
天竺鼠小寶寶！
你自己一個在
這裡做什麼？

我覺得他的名字叫做
橘子果醬。好可愛唷，對吧？

橘　子　果　醬

嘿，橘子果醬——我們是

好人俱樂部成員。

我們是來解救你的！

你要保重喔，小橘子果醬。
好好享受你的自由吧！

再見了，小傢伙。

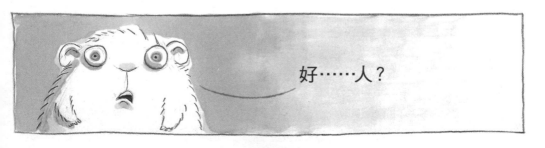

好……人？

好人？

就因為他們說自己是好人，
就以為可以這樣

闖進我的養雞場
然後把我的雞通通放走？！

他們竟然以為自己
可以一走了之？

我們走著瞧吧。我會讓他們付出代價。

嗯，沒錯……

我會讓
他們
付出代價！
嘻嘻嘻嘻嘻！
嘻嘻嘻嘻！

老天，這些傢伙

惹錯

天竺鼠了吧！

看看這些壞蛋

被一個 **真正的 壞蛋** 逮住會發生什麼事。

他們要 **怎麼** 逃離他的魔掌？

誰 又是一路一直跟著他們的神祕 **忍者？**

他們要到 **什麼時候**，才會不再

試圖 **吃掉** 彼此呢？

不要錯過他們下一部 **好笑到**

讓你尿褲子 的大冒險——

壞蛋聯盟

即將上市！

壞蛋們就要度過真的
很糟糕的一天了……